AF311902

12 Novembre 1900.

V

RICHE MOBILIER

de styles

XVIe, XVIIe & XVIIIe SIÈCLES

Grohé, Jansen, Kriéger, Cuel, Poirier et Remon

OBJETS D'ART, MARBRES, BRONZES

Œuvres de M...

TAPISSERIES ANCIENNES

CATALOGUE

D'UN

Riche Mobilier

STYLES

XVIᵉ XVIIᵉ et XVIIIᵉ siècles

AYANT ÉTÉ ÉXÉCUTÉ PAR

GROHÉ, JANSEN, CUEL, KRIÉGER, POIRIER & RÉMON

BOISERIES ET MEUBLES ANCIENS

MARBRES - BRONZES

ŒUVRES DE MAITRES

ARGENTERIE — MINIATURES — IVOIRES — TABLEAUX

ANCIENNES TAPISSERIES

DONT LA VENTE AURA LIEU

Hôtel Drouot, Salle Nᵒ 1

LES LUNDI 12 ET MARDI 13 NOVEMBRE 1900

à deux heures

Mᵉ F. LAIR DUBREUIL | M. ARTHUR BLOCHE
COMMISSAIRE-PRISEUR | EXPERT
SUCCESSEUR DE Mᵉ DUCHESNE | PRÈS LA COUR D'APPEL
6 — Rue de Hanovre — 6 | 28 — Rue de Châteaudun — 28

EXPOSITION PUBLIQUE :

Le Dimanche 11 Novembre 1900

de 2 heures à 5 heures 1 2

CONDITIONS DE LA VENTE

DÉSIGNATION

MEUBLES

1 — Ameublement de salon en bois sculpté et doré à fleurs, feuillages, têtes de béliers et perlés, couvert en tapisserie d'Aubusson; les dossiers à amours, d'après BOUCHER, et les sièges à animaux et volatiles d'après OUDRY, composé d'un canapé et de deux fauteuils. Style Louis XVI.

2 — Deux fauteuils en bois sculpté et doré à rais de cœur, feuilles d'acanthe et de laurier, pieds cannelés, couverts en tapisserie d'Aubusson, à bouquets de fleurs liés par des nœuds de rubans. Style Louis XVI, de la maison POIRIER et REMON.

3 — Meuble-vitrine et deux bibliothèques en bois de violette, garnis de bronzes finement ciselé et dorés à guirlandes de fleurs, nœuds de rubans, rais de cœur, consoles à perlés et feuilles de chêne, flanqués de colonnes cannelées ornées de bronzes à pointes d'asperges. Travail de style Louis XVI, de la maison GROUÉ.

4 — Beau meuble-bahut en palissandre noirci ouvrant à trois portes, celles de côtés en retrait et ornées de panneaux en laque d'or sur fond noir à chimères et volatiles, richement garni de bronzes ciselés et dorés à rinceaux feuillagés et fleuris, girandoles de fleurs et de laurier suspendues à des nœuds de rubans, montants à cariatides de femmes, dessus en marbre fleur de pêcher. Travail de style Louis XVI, de la maison GROHÉ.

5 — Encoignure de même style et de même travail.

6 — Quatre fauteuils et quatre chaises en bois sculpté et doré, accotoirs feuillagés, couverts en velours grenat garni d'applications de satin et velours crème, brodé de soie à fleurs. Style Louis XIV.

7 — Deux fauteuils en bois sculpté et doré, pieds forme pilastres reliés par un croisillon. couverts en soierie armurée fond vert, brochée d'or et de soies polychromes à fleurs et fruits. Style Louis XIV.

8 — Deux grands fauteuils en bois sculpté et doré, accotoirs à têtes de femmes au milieu de coquilles et de fleurs, pieds à chutes de fleurs et se terminant en pieds de boucs couverts en soierie brochée à fleurs garnie de passementerie assortie. Style Louis XIV.

9 — Grande console rectangulaire en bois noir sculpté, en partie doré, le devant ajouré à guirlandes et volutes feuillagées, pieds à cariatides d'enfants reliés par un croisillon, dessus en velours rouge. Style Louis XIV.

10 — Petite table rectangulaire en bois sculpté et doré à mascarons, rosaces et ornements, pieds reliés par un entrejambe surmonté d'un vase. dessus en porphyre brun. Style Louis XIV.

11 — Grande vitrine en bois sculpté et doré à mascarons et feuilles d'acanthe, le bas formant console, supportée par deux sphinx couchés. Style Louis XIV.

12 — Table carrée à allonges en acajou orné de bronzes ciselés et dorés, bandeaux à arabesques fleuries, pieds à spirales reliés par un croisillon garni de perlés, dessus en soierie de Chine crème brodée à bouquets de fleurs. Style Louis XVI.

13 — Cheminée en noyer sculpté et rehaussé d'or. Style Louis XV.

14 — Glace en bois sculpté, parties dorées, le haut à médaillon offrant un trophée d'instruments de musique. Style Louis XIV.

15 — Deux torchères en bois sculpté doré formées de statuettes de femmes drapées portant des jardinières sur leurs têtes, pieds en bois.

16 — Vitrine en bois noir incrusté de nacre, de cuivre, d'étain et de plaquettes de lapis lazuli, fond de glace, tablettes garnies de soie rouge, dessus marbre noir. Style Louis XIV.

17 — Meuble-cabinet flamand en bois noir gravé et à guillochures, ouvrant à deux portes, tiroirs ornés de peintures à personnages et scènes d'intérieur, sur console à pieds tors. Époque Louis XIII.

18 — Console en bois sculpté et doré à volutes feuillagées, pieds enguirlandés surmontés de têtes de femmes ailées, dessus en marbre blanc. Style Louis XIV.

19 — Grande glace avec cadre à trois compartiments en bois sculpté et doré à feuillages et guirlandes, le haut avec médaillon peint représentant deux amours dans un encadrement à rocailles. Style Louis XV.

20 — Fauteuil en bois sculpté et doré à cariatides de femmes, coquille et volutes feuillagées, pieds reliés par un croisillon, dessus en velours grenat ciselé à vases fleuris sur gaîne. Style Louis XIV.

21 — Cheminée en bois sculpté, flanquée de colonnes cannelées, garnie de cuivre, le haut avec plaque en faïence représentant des guerriers romains, surmontée d'un médaillon à tête de femme; dans le bas, une fontaine et son bassin en cuivre repoussé à godrons et ornements. Style Renaissance.

22-23 — Deux consoles sur quatre pieds en bois sculpté et doré, à mascarons et rinceaux, pieds forme pilastres reliés par des croisillons surmontés de vases ornés de rosaces, dessus en marbre veiné. Style Louis XIV.

24 — Table rectangulaire en acajou orné de bronzes finement ciselés et dorés, bandeau à arabesques fleuris, boucs et mascarons, pieds à chutes de feuillages, dessus en onyx marron. Style Louis XVI.

25 — Console rectangulaire en bois sculpté et doré, pieds forme pilastres reliés par un croisillon, bandeau à mascaron au milieu de rinceaux feuillagés, dessus en marbre fleur de pêcher. Style Louis XIV.

26 — Bahut de forme ventrue en bois de violette garni de bronzes ciselés et dorés à encadrements de rocailles et fleurs; le panneau de

devant offre la Pavane, d'après Lancret, peinture en vernis Martin. Dessus en marbre veiné. Style Louis XV.

27-28 — Deux consoles en bois sculpté et doré, bandeau à rosaces avec coquille feuillagée au milieu, dessus en marbre veiné noir. Style Louis XIV.

29 — Ameublement de cabinet de toilette en bois de violette et palissandre, garni de bronzes ciselés et dorés à perlés, rais de cœur. composé d'une psyché flanquée de chaque côté de deux petits chiffonniers, d'une toilette à portes pleines surmontée d'une glace. avec dessus de marbre, et d'une table à coiffer surmontée d'une glace biseautée, dessus en onyx vert d'Algérie. Style Louis XVI.

30-31 — Deux petits meubles d'entre-deux ouvrant à une porte et un tiroir, en bois orné de peintures dites vernis Martin, sur fond d'or. représentant des scènes d'après Lancret.

32 — Console en bois sculpté et doré, bandeau treillagé garni de feuillages, pieds à contours reliés par un croisillon surmonté d'un amour tenant une guirlande, dessus en marbre veiné. Style Louis XIV.

33 — Petite table en palissandre garni de bronzes dorés. pieds reliés par un croisillon surmonté d'un amour, dessus en marbre. Style Louis XV.

34 — Bel écran en bois sculpté et doré, montants formés de sphynx ailés surmontés de lions couchés, bandeaux à amours au milieu de feuillages, pieds à griffons, panneau en soierie brodée d'or sur fond bleu, noir et rouge.

35 — Jardinière forme brûle-parfums sur trépied en bronze vernis
rouge et bronze ciselé et doré à arabesques feuillagées, pieds à figures
d'enfants reliés par des cordons à glands. Style Louis XVI.

36 — Petit canapé en bois finement sculpté et doré, à carquois drapé,·
feuilles de laurier, perlés et rais de cœur, dossier à double médaillons, couvert en soierie armurée vert d'eau brochée à balustrade
fleurie et feuillagée. Style Louis XVI.

37 — Petite table ovale à quatre pieds en bronze doré à têtes de
boucs et feuilles d'acanthe, dessus en lapis-lazuli. Style Louis XVI.

38 — Grande table rectangulaire en bois sculpté et doré, bandeau à
rosaces, pieds forme pilastres, dessus en marbre blanc veiné noir.
Style Louis XIV.

39 — Commode de forme ventrue en bois de violette, poignées,
entrées de serrure et côtés en bronze ciselés et dorés à rocailles et
cariatides de femmes, dessus en marbre brèche d'Alep. Louis XIV.

40 — Petite console en bois sculpté, bandeau ajouré à arabesques
feuillagées et guirlandes de fleurs, pieds forme de volutes, reliés
par un vase enguirlandé, dessus en marbre. Style Louis XIV.

41 — Deux fauteuils en bois sculpté et doré, Louis XIV, couverts en
ancienne tapisserie d'Aubusson fond rose, dessus représentant des
oiseaux sur une balustrade à rocailles fleuries ; gainés de damas
de soie rouge.

42 — Écran Louis XVI, en bois sculpté, peint blanc et rehaussé de
dorure à perlés, feuille en tapisserie au point et au petit point, sujet
représentant la sortie de l'église.

43 — Bureau plat, Louis XIV, en bois de violette richement garni de bronzes ciselés et dorés à cariatides de femmes, feuillages et volutes.

44 — Huit fauteuils en bois sculpté et doré à rocailles feuillagées, couverts en velours de Gênes à corbeilles fleuries, pieds reliés par des croisillons. Style Louis XIV.

45 — Deux torchères en bois sculpté et doré à cariatides d'amours enguirlandés.

46 — Glace, cadre en bois finement sculpté à amours au milieu d'enroulements feuillagés. Louis XIV.

47 — Deux portes avec leurs dessus en bois sculpté, peint blanc, rehaussé d'or, dessins à rocailles, feuillages et coquilles. Époque Louis XV.

48 — Grand cadre rectangulaire en bois sculpté et doré à coquilles et feuillages. Louis XIV.

49-50 — Deux portes-tableaux forme lutrins, en bronze ciselé et doré, couverts de velours rouge.

51-52 — Deux bahuts en marqueterie, dit de Boulle, côtés cintrés, garnis de bronzes ciselés et dorés, montants à cariatides d'hommes et de femmes sur gaines fleuries, panneaux offrant des armoiries, dessus en marbre. Style Louis XIV.

53 — Table rectangulaire en acajou garni de bronzes ciselés et dorés, bandeaux à rinceaux feuillagés, dessus en onyx. Style Louis XVI.

54 — Grand bureau plat en bois noir marqueté de cuivre, ouvrant à sept tiroirs, posant sur huit pieds, dessus en cuir. Louis XIV.

55 — Grand meuble en bois noir garni de marqueterie de cuivre et d'ornements en bronze ciselé et doré; le haut formant vitrine est flanqué de chaque côté de deux consoles formant étagère, le bas ouvrant à cinq portes dont quatre vitrées, fronton à couronne et écusson chiffré. Style Louis XIV.

56 — Petite console d'applique en bois sculpté et doré, représentant le Temps entre deux figures de femmes, culot à masque. Louis XIV.

57 — Banquette en bois sculpté et doré, couverte en velours. Style Louis XIV.

58 — Deux chaises en bois sculpté et doré, dossiers ajourés avec médaillon au centre, couvertes en soierie brochée et rayée à guirlandes de fleurs. Style Louis XVI.

59 — Petit canapé en bois sculpté et doré à contours feuillagés et fleurs, dossier bas, couvert en soierie crème brochée à festons fleuris. Style Louis XV.

60 — Ameublement de cabinet de travail en bois sculpté, pieds torses, couvert en cuir brun gravé et doré, garni de clous en cuivre. Style Renaissance.

61 — Bureau en bois noir garni de marqueterie de cuivre et de bronzes, écoinçons à figures d'hommes barbus, dessus en drap vert.

62 — Console en bois sculpté peint blanc et doré par parties, devant

à mascarons, pieds reliés par un croisillon surmonté d'un vase.
Style Louis XIV.

63 — Bureau ministre en thuya et palissandre, dessus en drap rouge.

64-66 — Huit encadrements de glace dorés, fronton à coquilles et guirlandes. Style Régence.

67 — Meuble de salon de style Louis XV en bois sculpté, dessin
rocailles couvert en satin fond clair broché à bouquets de fleurs et
festons au cannetillé, composé d'un canapé, deux fauteuils et deux
chaises.

68 — Console Louis XV sur quatre pieds en bois sculpté et doré, dessus
en marbre rouge veiné.

69 — Armoire de sacristie ouvrant à deux vantaux en bois sculpté au
chiffre du Christ. XVIIᵉ siècle.

70 — Armoire à deux portes en bois sculpté. XVIIᵉ siècle.

71 — Armoire à deux portes en chêne sculpté.

72 — Six chaises en bois sculpté garnies en soie brochée à fleurs.

73 — Guéridon en acajou, pieds à griffes.

MARBRES, BRONZES, OBJETS D'ART

74 — Paire de grandes torchères formées de statuettes de femmes drapées portant des corbeilles en marbre blanc, signées J. COLLET, bouquets de lumières en bronze garnis de cristaux, posant sur des gaînes en bois noir garni de bronzes ciselés et dorés à rosaces, draperies et têtes de boucs, de style Louis XIV.

75 — Grande vasque en marbre blanc garni de bronzes ciselés et dorés à guirlandes de vigne et rosaces, culot à feuilles de laurier, pieds à spirales feuillagées, socle en marbre blanc et bronze. Style Louis XVI.

76 — Colonne cannelée en marbre veiné rouge.

77 — Beau groupe en marbre : la Paix, de MADRASSI, socle en velours bleu.

78 — Groupe en marbre : Allégorie à l'Amour, de DESENFANTS, socle en marbre rouge.

79 — Groupe en marbre : la Jeunesse, d'AUG. MOREAU, socle cannelé en marbre vert de mer, garni d'un tors de laurier en bronze doré.

80 — Groupe en terre cuite : nymphe et satyre, signé CLODION, socle en marbre rouge.

81 — Groupe en bronze, enlèvement, signé GASPARD MARSY, socle en
bois doré.

82 — Statuette en bronze doré : Brennus, signé H. GAUQUIÉ, socle en
marbre.

83 — Statuette en bronze : le Rêve, socle en marbre par PALLEZ.

84 — Écritoire en onyx vert d'Algérie, godets en émail cloisonné du
Japon, fond noir à fleurs.

85 — Buste en marbre d'après l'antique, représentant l'empereur
Auguste.

86 — Buste de Flore en marbre.

87 — Buste en biscuit recouvert de bronze doré représentant Marie-
Antoinette.

88 — Buste en bronze argenté : Diane de Poitiers, signé AUG. MOREAU.

89 — Statuette en bronze : la Mouche, D'AUG. MOREAU, socle en
marbre vert.

90 — Statuette en bronze argenté et doré : Sapho, de PRADIER.

91 — Statuette en bronze : Phryné devant ses juges, par COMPAGNE.

92 — Groupe en bronze patine foncée : Nymphe et satyre au tambou-
rin, d'après CLODION, socle en marbre rouge.

93 — Pendule en marqueterie de cuivre sur fond d'écaille de l'Inde garnie de bronzes. Époque Louis XIV.

94 — Pendule avec son socle d'applique en marqueterie de cuivre sur fond d'écaille de l'Inde garnie de bronzes, surmontée d'une figure d'amour, pieds à cariatides de femmes. Époque Louis XIV.

95 — Lustre en fer forgé, surmonté d'une couronne fleur de lys à dix lumières. Style Renaissance.

96 — Vasque ovale en marbre rose sculpté à godrons et têtes de satyres, bordure en bronze doré. Style Louis XIV.

97 — Vasque en marbre rouge, monture en bronze doré à écusson feuillages et godrons, anses à cariatides de chérubins. Style Régence.

98 — Jolie statuette en bronze : Hébé assise sur l'aigle, signée Madrassi, socle en bronze doré.

99 — Statuette en bronze : le Réveil de Franceshi, socle en marbre rouge.

100 — Pendule en marbre rouge orné de bronzes dorés, surmontée du groupe en bronze, le Baiser, d'après Houdon.

101 — Petite statuette en bronze : l'Enfant au nid d'après Pigalle, socle en marbre rouge.

102 — Deux jardinières en cuivre ajouré, anses à mufles de lions. Style Renaissance.

103 — Colonne en marbre brocatelle d'Espagne, pied et plinthe en marbre blanc.

104 — Petit cabinet flamand en bois noir, intérieur orné de peintures représentant des parties de musique, panneaux des tiroirs à petits personnages, montants à cariatides de femmes sur gaînes.

104 *bis* — Paire d'appliques en bronze formées de cariatides d'enfants tenant des cornes d'abondance d'où s'échappent des bouquets à six lumières. Style Louis XIV.

105 — Grande garniture de cheminée en bronze doré composée d'une pendule représentant deux déesses assises de chaque côté du cadran surmonté d'un amour et de deux candélabres à figures d'enfants assis sous des arceaux supportant des vases fleuris d'où s'échappent les bras de lumières, terrassement fleuris et à rocailles. Style Louis XV.

106 — Flambeau bouillotte formé par une figurine d'amour tenant d'une main un écran et de l'autre un binet à lampe électrique, assis sur un terrassement en bronze doré. Style Louis XV.

107 — Pendule en marbre violacé forme gaine sur laquelle est posée un buste de faune qui taquine deux amours en bronze doré. Style Louis XVI.

108-111 — Quatre groupes en bronze patine foncée : les Saisons, signées STELLA, sur supports en bois sculpté à feuillages.

111 *bis* — Deux candélabres formés par des figurines d'enfants, au milieu de rinceaux feuillagés à cinq lumières. Style Louis XV.

112 — Grande coupe en bronze offrant en bas relief des bacchantes et des bacchants dansant

113 — Support en marbre rose et bronzes ciselés et dorés à cariatides de femmes ailées reliées entre elles par des guirlandes de laurier. Style Renaissance.

114 — Deux torchères formées de statuettes de femmes drapées portant des bouquets de lumières, signées P. DUBOIS, édition de BARBEDIENNE, socle en bois sculpté à feuillages.

115 — Quatre appliques en bronze à cinq lumières disposées pour le gaz.

116 — Buste en bronze patine clair : la Jeunesse.

117 — Jardinière rectangulaire en bronze à godrons et ornements, coins à cariatides de femmes ailées.

118 — Buste en marbre : Odalisque avec fleurs au corsage.

119 — Colonne à plinthe tournante en marbre vert.

120 — Jardinière en marbre rouge gravé à grecques, pied en bronze doré et argenté à cariatides de satyres. Style Renaissance.

121 — Deux landiers en bronze doré forme de pilastres, posant sur des têtes d'éléphants, le haut surmonté de boules et de fleurs de lys en cristal, chaîne formée de boules en cristal.

122 — Jardinière en bronze ciselé et doré sur trépied, montants à têtes
de boucs, piécettes enfilées et pieds de boucs, socles en marbre vert
de mer. Style Louis XVI.

123 — Vasque en marbre bleu turquin et brocatelle, monture en bronze
ciselé et doré à arabesques feuillagées, guirlandes de fleurs, soutenues
par des nœuds de rubans, rosaces et tors de laurier, anses à têtes
de boucs. Style Louis XVI.

124 — Vasque en marbre rouge antique sculpté, pied et culot à godrons;
flanqué de cygne aux quatre coins, sur socle.

125 — Petit groupe en marbre : Satyre portant une bacchante, d'après
CLODION, sur socle en marbre rosé garni de bronzes ciselés et dorés
de style Louis XV.

126-127 — Deux bustes en bronze frotté d'or : Nègre et négresse. Signé
CORDIER.

128 — Buste en marbre : Jeune femme avec fleurs au corsage. Signé
P. D'EPINAY.

129 — Statuette en marbre : La Vénus de Milo.

130 — Buste en marbre : Femme avec rose et voiledans les
Signé FAURE DE BROUSSE.

131 — Statuette en marbre : L'Echo. Signé E. DROUOT.

132 — Jardinière en marbre griotte, monture en bronze ciselé à mufles

de lions et draperies fleuries, bandeaux à jeux d'amours en bas-
relief. Style Louis XVI.

133 — Torchère en bronze ciselé et doré représentant des amours
portant un bouquet à treize lumières et posant sur un socle enguirlandé de fleurs. Style Louis XV.

134 — Garniture de cheminée en bronze ciselé et argenté composé
d'une jardinière à godrons, enfants et mascarons et de deux lampes
à cariatides de femmes au milieu de rocailles et guirlandes. Style
Louis XV.

135 — Cheval en bronze vert, de BARYE.

136 — Bronze vert : Lion marchant, de BARYE.

137 — Tigre marchant, bronze vert de BARYE.

138 — Chien de chasse en bronze. Signé P.-J. MÊNE.

139 — Bronze vert : Lion sur un rocher, de BARYE.

140 — Bronze vert : Lion et serpent, de BARYE, jolie patine.

141-142 — Deux bustes en bronze : Les Augures.

143 — Bœuf en bronze argenté, terrassement à tors de laurier, socle en
marbre rouge.

144 — Presse-papier en bronze argenté : Le Taureau vainqueur, de CLESINGER, socle en marbre rouge.

145 — Statuette en bronze : Phryné. Signé L. GRÉGOIRE.

146 — Quatre bas-reliefs en bronze représentant les Eléments, de DELA-PLANCHE; édition de BARBEDIENNE.

147 — Plat en faïence de Rhodes, décor à fleurs.

148 — Grand plat en ivoire sculpté Louis XIV.

149 — Grand groupe en porcelaine de Saxe représentant les dieux de l'Olympe assis sur un rocher, socle en bois sculpté doré Louis XIV.

150 — Miroir ovale, cadre en mosaïque à couronne de fleurs. Travail vénitien.

151 — Vase avec couvercle en porcelaine de Tournai gros bleu rehaussé d'or, panse à jeux d'amours, socle en bronze.

152 — Paire de petits vases en émail cloisonné du Japon, décor à lambrequins.

153-158 — Huit plats en faïence décorée offrant des amours, des bustes de femmes du moyen âge, de DECK, encadrés.

159 — Plat offrant une tête de femme avec grande collerette, de DECK.

160 — Milieu de table en cristal, monture en bronze argenté à jeux d'amours.

161 — Deux petits vases persans, décors à arbustes et fleurs.

162 — Aiguière forme persane en cuivre, panse godronée et émaillée, avec vestiges de dorure. XVIe siècle.

163 — Petite jardinière persane, décor à fleurs.

164 — Corbeille ajourée en porcelaine Barbot, décor à fleurs.

165 — Plateau en cuivre émaillé d'Algérie offrant un Arabe au centre.

166 — Plaque ronde en faïence offrant en bas-relief Jeanne d'Arc, cadre bois sculpté et doré.

167 — Deux petites gourdes de Satzuma, décor aux lions.

168 — Deux gourdes en faïence côtelée de Delft décor polychrome à arbustes fleuris.

169 — Deux gourdes en faïence côtelée de Delft, décor à réserves de paysages en polychrome sur fond blanc.

170 — Buire en faïence persane, décor à vases et branchages fleuris.

171 — Deux grandes corbeilles en faïence de Nove, décor à volatiles et fleurs multicolores.

172 — Coupe côtelée en porcelaine d'Allemagne à fleurs, bordure à
rehauts d'or.

173 — Gourde de forme aplatie, décor à volatiles, de DECK.

174 — Petit plat rond, décor chardonneret et fleurs sur fond d'or, bordure bleue.

175 — Plat rectangulaire en porcelaine d'Allemagne, à petits personnages et bouquets de fleurs.

176 — Grande et belle suspension en bronze doré à vingt-quatre bougies
et trois lampes, modèle monumental à cariatides de femmes, rinceaux ornementés et couronnement à coupole avec lambrequin.

177 — Belle garniture de cheminée en bronze doré et porcelaine gros
bleu de style Louis XVI, composée de : Une pendule forme vase
enguirlandé, posé sur socle à rinceaux, ornée de deux statuettes
d'enfants allégoriques, cadran signé : MARQUIS, et deux candélabres
formés par des vases en porcelaine gros bleu à guirlandes de fleurs
et mascarons, surmontés de bouquets de fleurs de lys à 7 lumières.

178 — Paire de grands chenets en bronze doré à volutes de style
Louis XV.

179 — Coupe de milieu formant jardinière en bronze ciselé et doré, à
écussons et guirlandes de fleurs. Style Louis XV.

190 — Grande coupe en porcelaine de Chine, décor à personnages,
monture en bronze doré à anses feuillagées.

191 — Buste en marbre blanc, portrait de grande dame en costume de Diane, style XVIIIe siècle.

192 — Groupe en marbre blanc par HIPPOLYTE MOREAU : L'Enfant à la coquille.

193 — Deux girandoles à sept lumières en bronze poli.

194 — Paire de grands vases en faïence émaillée, jaspée bleu, décor en relief à mufles de lions reliés par une torsade, avec socles en bois noir.

195 — Appliques Louis XV à cinq lumières, en bronze ciselé et doré.

196 — Jardinière en faïence de Deck, fond bleu turquoise, décor à volatiles, branchages fleurs et arabesques.

197 — Plat en faïence de Deck, fond bleu, dessins à fleurs dans le goût persan.

ARGENTERIE. — OBJETS DE VITRINE

198 — Plat en argent repoussé représentant le Bal paré, marli à personnages, rinceaux et cariatides.

199 — Paire de flambeaux en argent à figurines de femmes portant des
corbeilles.

200 — Plaque en émail représentant un saint, cadre en velours.

201 — Plaque en émail offrant une mère et ses enfants, allégorie à la
Maternité, cadre en bronze à figures et têtes de chérubins. Louis XIV

201 bis — Deux bouteilles à anses, de forme aplatie, en porcelaine
anglaise, décor très fin en or et polychrome dans le goût persan.

202 — Buire en faïence persane, monture enrichie de pierreries.

203 — Vase forme courge en faïence, décor flambé.

204 — Deux carafons et six verres à vins fins, monture en vermeil.

205 — Deux verres, avec montures en argent finement ciselé et doré à
grappes de raisins et ornements.

206 — Carafon en cristal taillé et gravé, monture en argent ciselé et doré à guirlandes et feuillages. Style Louis XVI.

207 — Assiette à contours avec peinture représentant une sultane et ses servantes.

208 — Gouache représentant une bergère et un pâtre dans un paysage.

209 — Petit miroir forme harpe, monture en bronze ciselé et doré à amours, guirlandes et trophées de musique. Époque Louis XVI.

210 — Glace biseautée avec cadre en porcelaine de Saxe à amours et fleurs.

211 — Bénitier en cuivre repoussé et ajouré sur fond velours rouge. XVIIᵉ siècle.

212 — Tête-à-tête en porcelaine de Sèvres, décor à fleurs polychromes et lambrequins lie de vin.

213 — Buire forme persane en porcelaine de Chine, fond faïence à cigognes, avec médaillons réservés à personnages.

214-216 — Dix figurines en porcelaine d'Allemagne incroyables, bergères, etc.

217 — Deux tasses en porcelaine de Sèvres, décor à fleurs.

218 — Petite statuette argentée : Diane chasseresse, de Falguières, édition de THIÉBAUT.

219 — Petite buire en porcelaine gros bleu, monture en argent finement ciselé et doré.

220 — Groupe équestre en porcelaine de Saxe : l'Europe, socle en bronze doré de style Louis XV.

221 — Petite buire en Wedgwood noire, anse à figure d'homme.

222 — Miniature rectangulaire sur ivoire représentant la Reine Marie-Antoinette, cadre en bronze à nœud de rubans.

223-224 — Deux miniatures rectangulaires sur ivoire représentant une jeune fille tenant une quenouille et une jeune fille assise et coiffée d'un bonnet. Cadres en bronze.

225 — Miniature rectangulaire sur ivoire : Jeune fille dans un jardin tenant une guirlande de roses. Cadre en bronze.

226 — Miniature sur ivoire représentant une princesse en riche costume blanc brodé de perles avec plume dans les cheveux. Cadre en bronze.

227 — Miniature ronde : Portrait de princesse coiffée d'un grand chapeau à plumes bleues.

228 — Miniature sur ivoire représentant une jeune femme avec fichu autour du cou, cadre en or ciselé avec filet émaillé bleu. Ier Empire. Dans un écrin en cuir.

229-230 — Quatre plaquettes en ivoire représentant Henri IV, François Ier, Catherine de Médicis et Diane de Poitiers.

231 — Petit nécessaire de dame en or ciselé. Ier Empire.

232 — Plaquette ronde en ivoire sculpté en haut-relief représentant un portrait de princesse. Signée E. B. et datée 1753.

233-235 — Huit miniatures, sujets divers.

236 — Deux tabatières en or.

237 — Miniature sur ivoire représentant une jeune femme jouant de la harpe.

237 *bis* — Miniature : portrait d'homme à cheveux blancs, signée Mme LE GRAND.

238 — Miniature : portrait de femme coiffée d'un bonnet, cadre en argent repoussé à amours, ornements feuillagés et tête de satyres.

239 — Bonbonnière en émail, décor à paysage, couvercle représentant un seigneur et une dame noble assis sur un banc.

240 — Chatelaine en cuivre ciselé et doré à petits médaillons d'attributs et volatiles. Epoque Louis XVI.

241 — Onglier en écaille brune, de la maison FENOUX.

242 — Nécessaire de voyage en cuir contenant des boites et des flacons en cristal avec couvercles et bouchons en vermeil, lampe, écritoire et boites en vermeil, de la maison LEUCHARD.

243-245 — Trois reliures de livres en cuir gravé et doré au petit fer.

246 — Papeterie en cuir repoussé, dessin à ornements et têtes d'hommes.

247 — Album à photographies en cuir, garni d'applications ornementées en bronze et platine.

248 — Buvard en malachite garni de bronzes dorés.

249 — Etui en bois de santal sculpté, encadrement en marqueterie d'ivoire et de cuivre. Travail chinois.

25o — Etui en ivoire incrusté d'ivoire teinté et de cuivre. Travail oriental.

TABLEAUX

ALLONGÉ

251 — *Paysage.*

>Fusain.
>Signé.

CHARDIN (Attribué à)

252 — *La Gimblette.*

CURZON (De)

253 — *Paysage.*

FRANÇAIS

254 — *La Petite Mare, à Moulin-Neuf, près Clisson.*

>Signé à droite et daté 1885.
>Collection Hartmann.

LELEUX (Adolphe)

255 — *Les Pêcheurs.*

>Signé.

LELOIR (Louis)

256 — *Ménestrel et Japonaise.*

Deux pièces en couleur se faisant pendants.

LEMAIRE (Madeleine)

257 — *La Marchande de roses.*

Aquarelle.

MORLAND (D'après)

258 — *Plaisir champêtre.*

Gravure en couleur par J.-R. Smith.

PICOU (Henri)

259 — *L'Amour à la cage.*

Beau tableau.

ÉCOLE ANGLAISE

260 — *Bonheur et Sagesse.*

Deux gravures en couleurs se faisant pendants.

ÉCOLE FRANÇAISE

261 — *Portrait de femme du Ier Empire.*

TAPISSERIES

262 — Bandeau en ancienne tapisserie de la Renaissance offrant au centre un médaillon avec inscriptions autour, représentant deux enfants jouant avec une chèvre, accosté de deux figures d'homme et de femmes couchés tenant des cornes d'abondance d'où s'échappent des fleurs et des fruits ; aux extrémités des vases fleuris.

263 — Quatre panneaux en tapisserie d'Aubusson fond à vases fleuris et corbeilles de fleurs suspendues à des nœuds de rubans, sur contre-fond bleu pâle, bordure simulant un encadrement.

264 — Décoration de salon composée de douze panneaux en tapisserie d'Aubusson représentant des paysages animés de personnages et accidentés, avec vues de maisons.

265 — Quatre panneaux en tapisserie d'Aubusson représentant des sujets tirés des fables de La Fontaine.

266 — Tapisserie d'Aubusson représentant un groupe de trois personnages dans un parc. Bordure à rinceaux et guirlandes de fleurs.

267 — Grande tapisserie verdure représentant une chasse au cerf, bordure à fleurs et ornements, doublée en velours vert mousse.

268 — Tapisserie flamande dite verdure.

269 — Tapisserie verdure animée de volatiles et vue de château en perspective.

270 — Tapisserie moderne représentant une kermesse flamande.

271 — Tapis de la Savonnerie à médaillon et fleurs en polychrome.

272 — Objets omis.

Paris. — Imprimerie Menard et Chaufour, 8-10, rue Milton.

www.ingramcontent.com/pod-product-compliance
Ingram Content Group UK Ltd.
Pitfield, Milton Keynes, MK11 3LW, UK
UKHW031727170726
13836UKWH00001B/492